brigitte heidebrecht

das weite suchen

gedichte

(198o - 83)

1. Liebe im Konjunktiv

LIEBE IM KONJUNKTIV

sitze hier und
würde jetzt gerne
ein liebesgedicht schreiben

        ach wenn

eins ohne widerhaken
ganz sanft und
riesengroß

        ach wenn
        ich dich so sehr lieben könnte

eins ganz ohne zweifel
zum reinplumpsen weich
badewasserheiß und
voll wie ein atemzug

        ach wenn
        ich dich so sehr lieben könnte
        wie meine wünsche

umgekehrt proportional

je ferner sein wohnort
desto heftiger deine wünsche

je vager sein verhalten
desto wilder deine hoffnung

je weniger er dich liebt
desto mutiger dein begehren

je näher er kommt
desto größer deine angst

du mit deinen verdammten ansprüchen
sagst du
und ich sage: ja ich
mit meinen ansprüchen
denn wie sollen wir uns verstehen
wenn wir uns nicht
ansprechen

im gegenwind

deine hände sind warm
mein freund
in deinem mund will ich
untertauchen
möcht schwimmen in dir

deine haut ist weich
mein freund
doch darunter bist du
'hart wie ein mann'
von deinen unnachgiebigen muskeln
perle ich ab wie
wasser auf öl

mein hunger nach dir
gerinnt zum biß
noch lachen wir

aber
meine möse ist nicht
der rettungsring
für dein schwaches geschlecht

8 heterosexuelle Liebeslieder

1: "frigide"

Er fällt über mich her
und ich wundere mich:
Warum kann ich mich nur nicht
fallen lassen ?

2: "aufgeklärt"

Er gibt sich mühe,
mich zufriedenzustellen,
und ich gebe mich zufrieden.

3: abstinent

aus angst vorm
versagen
versage ichs mir
ganz

4: gegenüber-stellung

du ich mag dich
komm her

komm
bis hierher und

nicht weiter

dann
wollen wir
weitersehen

5: ende offen

ich will
uns
ganz

aber wer sich
nicht kennt
den kann niemand
erkennen

lassen wir uns gehen
und gehen wir
uns suchen

6: utopia

ich lasse dich gehen
du läßt mich gehen

ich suche mich
du suchst dich

ich lasse mich gehen
du läßt dich gehen

wir finden
uns
vielleicht

7: nie-mann-s-land

stück für stück
suchen wir uns zusammen
was uns noch fehlt auf unserer
besseren hälfte

8: eigen-ständig

ich gehe dir nicht aus dem weg
aber glaube nicht
daß ich dir e i n e n schritt
hinterherlaufe

du fällst mir manchmal ins auge
aber glaube nicht
daß ich mich von dir
blenden lasse

manches kann ich von dir lernen
aber glaube nicht
daß ich dich deshalb
brauche

überholverbot

das geht ja mal wieder schnell,
dachte sie,
als sie seinen schwanz
sich an ihren bauch drängen spürte.

das geht ja mal wieder schnell,
dachte er,
als er ihre augen
nach seinem herzen fahnden sah.

stell dich gefälligst auf mich ein,
dachte sie und beschloß,
sich ihre zeit zu nehmen
für zärtlichkeit und für den
langen marsch
zu ihren lüsten.

stell dich gefälligst auf mich ein,
könnte auch er sagen,
fiel es ihr plötzlich ein,
und sich seine zeit nehmen
fürs zögern und die
scheu vorm allzu nahen,
für den langen stolperpfad
zu seiner liebe.

na gut, wie du mir so ich dir,
dachte sie und beschloß,
frühzeitig zu bremsen und
nur sachte zu beschleunigen.

laß uns das
ganz genau absprechen !
sagte sie,
sonst geraten wir mal wieder
ins schleudern.

ich hätte dir gerne erzählt
als du vorhin hier warst
daß ich gestern nachmittag
onaniert hab
und an dich gedacht hab dabei
es war schööön

ich hab es dir dann
doch nicht erzählt

schade

UNFALLMELDUNG

Da ist mir eine
ins Auge gefallen.
Da hab ich sie
in meinen Tränen
ertränkt.

maria

kurzes durchatmen
mit noch klammen händen
kein grund um jetzt schon
träume zu spinnen

nicht gesucht und
kaum gefunden
im vorbeigehen gestreift und
erkannt:

ach wir

unstimmigkeiten

deine stimme
vermittelt eine stimmung
die stimmt nicht
mit deinen worten überein
so stimmst du mich nicht um
da stimmt doch was nicht
da kannst du mir
viel erzählen

VERHÄNSELT

du bist gegangen
und hast so getan
als wärst du noch da

du hast gesagt
daß du wiederkommst
und bist fortgeblieben

aus der zahl deiner ängste
hast du mein alter errechnet
und gefunden daß ich eine
hexe sei

da bin ich
wütend geworden

siehst du !
hast du gesagt

ich wurde
wütender

da bist du
ganz verschwunden

wahrscheinlich habe ich dich
versehentlich
zum teufel gewünscht

Pechmarie

Wenn die Lust mir unter
die sieben Häute kriecht
und ist keiner da und kämmt mir
mein goldenes Haar,

dann brennen die Brote an
in Frau Holles Ofen,
dann weint der Baum seine
reifen Äpfel ins Gras,
dann sind drei Wünsche
verloren gegangen,

dann stirbt mein Herz
einen Wärmetod.

hexenküche

erst macht sie mich heiß
dann läßt sie mich schmoren
wenn ich ihr dann eins
auf den deckel gebe
macht das den kohl
auch nicht mehr fett

pfad-finderin

ein blick von dir
verfangen in meinem unterholz
fäden hoffnung
ausgespannt von einem ast zum andern

schritte über altes laub
rascheln 'vorsicht !'
ein abgebrochener zweig
ritzt mir den herbst in die haut

ich gehe die äste zu sammeln vom weg
zu scheiden
zwischen deiner spur
und dem tritt meiner wünsche

bis du wiederkommst
finde ich meinen pfad
er beginnt
am ende des traums

in der mitte der lichtung
will ich stehen
und nach dir rufen
vielleicht
errate ich deinen namen

2. Heike

immer wieder
verheddert im dickicht angst
so viel liebe
übrig

über
flüssig
ist meine liebe geworden

fließt
über
alle meine ränder

fang sie auf !

glück

rund und satt
voll bis obenhin von mir
zupacken und
spüren: ich bin
wieder aufgebrochen
stehe zum hundersten male
am anfang
'falling in love'
verliebt sein ohne schon
genau zu wissen in wen

wegbeschreibung

aufstehen
wieder hinsetzen
uns anschauen und lachen

flusen zupfen von der decke

hände begegnen sich zaghaft
fingerspitzen wandern über wolle und stoff

blicke suchen sich
verstecken sich wieder in kleiderfalten

lachen knistert

arme erreichen schulterkuppen
rutschen über rückenhänge

köpfe liegen sich plötzlich in den haaren

w ü n s c h e

deine wärme
einsickern lassen in meine haut
meine lust
ausbrüten lassen
eine große ruhe
und einen großen sturm
ein kleines stück
endlosigkeit

ÜBER WINTER

jetzt sind die nächte länger
als die tage
und du bist meinen wünschen
ähnlicher
als ich mir bin

wir bauen uns einfach
ein nest
aus armen und beinen
und brüten uns aus !

a ngenehm angst arbeit angenommen
b unt blätter bald benommen bekommen
c haotisch
d ünnhäutig dabei
e hrlich ergiebig echt erregt
f rech furz flitzen fangen fallen frau
g eduldig gleich gütig gründlich gast geben
h eiß heike honig heute
i nnig irrlicht immerzu
j ung jederzeit
k räftig kakao koralle komisch kugel
l angmütig lachen lebendig lieben lutschen
m utig möse matsch maßlos mystisch
n achdenklich nehmen naß
o ffen ofen ohrmuschel oh
p fiffig partnerin parteilich
q uirlig quicklebendig qualle quark
r uhig restlos regen rot
s anft süß saft suppe suchen
t reu tanz treppe traurig toll
u rig untergang umwelt uralt unsinn
v erliebt vereint vögeln voll vertrauen
w arm weich wir
x -mal
y in yang
z ärtlich zukunft zappeln zulassen

auf herz und (an die) nieren

diese kleinarbeit mit dir
dieser minimurkskram
den wir da
stückchen für stückchen
auseinanderfieseln
seit tagen

die 1oo wenn's und aber's
die wir in scheiben schneiden
und unter die lupe legen

die sandkörner auf den waagschalen
die ständig kippeln

was will ich was willst du
diese suche nach dem
kleinsten gemeinsamen nenner
oder dem
größten gemeinsamen vielfachen
was weiß ich

du fischst eine wimper
von meiner nase
und sagst ich soll pusten
und mir was wünschen

und ich wünsch mir den mut
dich zu verlieren

denn
lupenrein
will ich unsere liebe haben
daß du's weißt

ganz weit da hinten
schwelt eine hoffnung
nach grenzüberschreitung

losschwimmen
in deine augen
und ankommen mitten in deinem kopf

atem an atem
mit dir liegen
drei ewigkeiten lang

alle fäden
aus den händen gleiten lassen
und ankommen
wo wir immer schon waren

ganz weit da hinten
erinnert mich etwas
an das glänzen in deinen augen

und ich stehe
dir gegenüber
und nenne meine narben
mein gesicht

anzukommen
dazusein
ohne die angst vor dem abschied
wann immer
das will ich lernen
wenn's geht
geht das ?

wenn's kalt ist
schmerzen die narben

wenn's warm ist
bin ich immer noch
ein wenig fort

auf risiko geliebt
und verloren
sie hat nie gesagt daß ich mich
sicher fühlen soll bei ihr

ich umarme den türpfosten
und schütte meine tränen aufs bett
und habe angst vor der härte
die mich einholen wird

einschnitt

meine haare schneide ich
jeden tag kürzer
eine 'klare linie' suche ich
in meinem gesicht
heute sehe ich wieder aus
wie ein gerupftes huhn
bin nicht
ungeschoren davongekommen

Joan Armatrading

gut fühl ich mich mit dir
du unverwüstliche
gierige starke

bin wieder
bei mir angekommen
"never is too late"
da hast du recht

sing ruhig weiter
ich schreibe solange
ein gedicht für dich

mit einem gipsbein
kann ich immer noch laufen
nur nicht so schnell

mit einem blauen auge
kann ich immer noch sehen
nur nicht so klar

mit einem verstauchten finger
kann ich immer noch schreiben
nur nicht so viel

mit einem gebrochenen herzen
kann ich immer noch lieben
nur nicht so unbedacht

außerdem kann ich
mit einem gebrochenen herzen
schnell laufen
alles sehen
schreiben was immer ich will
und noch einiges mehr

IST DOCH AUCH WAHR!

diesmal

ich komme zu dir und
ich fühle genau
was ich dir sagen will
ich weiß nicht
in welchen worten es
herauskommen wird
diesmal
lege ich mir keine sätze zurecht

ich gehe und
ich weiß genau
daß ich lieben werde
ich weiß nicht
mit wem das möglich sein wird
diesmal
mache ich keine pläne

nachts

schmerzhaft lebendig
müde und wach
vor dem fenster ein ausschnitt baum
warme füße und im bauch
ein rudel möglichkeiten
die kerze zappelt im luftzug
ich bin wo ich bin
gucklöcher in die traurigkeit
kühle auf meinem rücken

meine wünsche nicht verraten
und hart an der realität
das w e i t e suchen

SCHONZEIT

mühsam
hab ich
die fäden vernäht
rühr mich nicht an ich
könnte sonst wieder
aufplatzen
an der nahtstelle
zwischen du und ich

nach jeder mißglückten liebe
weiß ich genauer
wonach ich suche

schwacher trost
aber

IMMERHIN!

3. Zwischenbilanz

3o jahre
na und
was hab ich erwartet
nicht mehr so unausgegoren
hab ich gedacht
und daß ich dann weiß
was ich will
ja
aber
woher nehmen

zwischenbilanz

ein zerbeultes herz
eine strapazierfähige seele
ein blaues + ein offenes auge
eine unbändige lust am tanzen
kraft + traurigkeit in rauhen mengen
eine wachsende liebe zu meinem zorn
und ganz viel
wärme + ungeduld

vielleicht daß meine heimat
die trauer wär
der kleine tod
in den ich zurückkehr
nach jedem stück leben

aber mein zorn will
vorwärts ziehen

und meine hoffnung
trottet skeptisch
hinterdrein

o.k., sagt sie, wir haben
noch nicht alles riskiert

schwarzer peter

selber schuld
sage ich zu mir
wenns mir wiedermal dreckig geht
obwohls mir
unter den gegebenen umständen
eigentlich gut gehen sollte

selber schuld
werfe ich mir vor
verstecke den makel hinter einem
eiligen gesicht
renne nach hause
schließe die tür
beguck mir mein gesicht im spiegel
und find mich zum kotzen

mach nicht so ein gesicht
was willst du eigentlich
du hast es nicht anders gewollt
du hast doch alles
außerdem bist du alt genug daß du...

hat das alles
nicht schon mal jemand
zu mir gesagt ?

Frühlingsgedicht

Ach, wenn mein Leben
doch einen Henkel hätt
und ich könnt draus trinken
wie aus 'ner Kaffeetasse.
Stattdessen liegt es
bei mir auf dem Bett
wie eine knubbelige
graue Masse

mit Kanten und Beulen
und Rissen drin.
Was soll ich 'mit machen ?
Mir fällt heut nix ein.
Ich schieb es so vor mir
her und hin
und draußen vor'm Fenster
fängt's an zu schnein.

Dabei sollte heut eigentlich
der Frühling beginnen
und ich hätte eigentlich
'ne Menge zu tun.
Ich werd heut wohl keinen
Blumentopf gewinnen.

Je nun.

tags
scheuche ich
schwarze raben vom dach

nachts
träume ich mir
eine schöne geliebte

so viele schon
sind vor mir
gegangen

sterben
ist nicht schlimm
aber es ist nicht egal
wie

aber

eigentlich
weiß ich doch
was ich will
die dia-show
in meinem kopf
zeigt es mir
immer wieder

noch
brech ich nicht auf

ja wenn ich wüßte
daß ich mich
auf meinen mut
verlassen könnte

aber
tu ich's nicht
verläßt mich mein mut

WAS TUN

tun
was ich gern tun würde
aber
ich trau mich nicht

tun
was man tun müßte
aber
wo soll ich da anfangen

da kann ich verzweifeln
oder ab morgen
für beides ein klein bißchen
mehr tun
ein klitzekleines bißchen
mehr

und überhaupt
wieso erst ab morgen ?

fortschritt

früher
habe ich immer das
was ich nicht so gern mochte
zuerst gegessen
und mir das
was mir schmeckte
für ganz zum schluß aufgehoben

jetzt
esse ich das leckerste
gleich zuerst
und den rest
lasse ich liegen

kleine ansprüche

ehrlich sein
ein bißchen mehr als nötig

mutig sein
ein bißchen mehr als ich mich trau

geduldig sein
ein bißchen weniger als gewohnt

GARTEN DER LÜSTE

wie habe ich früher
hoffnungen keimen lassen
sehnsüchte gehegt
wünsche gezüchtet
im treibhaus vorsichtiger verschwiegenheit
bloß nie zu früh
die zarten pflanzen nach
draußen gesetzt
riesengroß
die angst vor dem wind

da ist's im treibhaus
eng geworden
und im garten
öd

da will ich nun die pflänzchen
nach draußen setzen
sobald sie nur die köpfe heben
sobald sich nur ein ideelein regt
ein gefühlchen, ein vielleicht
da will ich nun draußen im freien
gucken ob
sie umkippen oder gedeihen

und wenn mir der wind
meine blütenträume knickt
dann auf den kompost damit
je früher desto besser

der nächste winter kommt
bestimmt
noch
könnte sommer sein

springen
ohne angst vor dem aufprall
rund und weich sein
für alle fälle

wildwuchs -
dem winter ins geäst greifen
und die sonne hervorziehen
alle arme voll mensch

still und tief
ist die wärme
unter meiner haut

blicke mit hoffnung füllen
und die fragen
stehenlassen
lebenswut
kriecht in die fingerspitzen

schritt für schritt
eine spur in die zukuft ziehen

HEXENLIED

da wohnt eine
in meinem fleisch
die weint
und lacht
und manchmal
schreit sie
ja ich hab sie schon
schreien hören
ganz laut

da lebt eine
in meinem fleisch
die trägt ihre trauer
übern berg
die lacht
immer wieder
und tanzt
fuß vor fuß

da sitzt eine
in meinem fleisch
die schreibt worte
auf papier
die träumt
und geht
und fürchtet sich nicht im wald

da ist eine
die will mehr
als eine haut
fassen kann
die trägt ihre sehnsucht
vor sich her
die wirft ihr lachen
in die luft
die fängt ihre tränen
in einem weißen tuch
die lotst ihren schrei
durch die enge kehle
die trägt ihren kopf
gegen wände
die setzt ihren blick an
auf fremde augen

die geht
fuß vor fuß
und fürchtet sich nicht im wald

auch'n standpunkt

ganz schön wackelig
auf den beinen !

meinte er kopfschüttelnd
als er sie
purzelbaumschlagend
über die wiese kullern sah

und hielt die hand
fest
am geländer

lebens-haltung

ich habe so lange
auf der stelle getreten
bis ich allmählich
durchdrehte

als ich das merkte
habe ich endlich
losgelassen

bin dann verschiedene male
hart auf die schnauze gefallen
jetzt kenne ich den
boden unter meinen füßen

bleibt nur noch mich endlich
ganz aufzurichten
und ohne mich blenden zu lassen
nach den sternen zu greifen

für die folgen werde ich
gerade stehen

fruchtwechsel

meine alte geduld
fett und klebrig
wurzelnd in vagheit und zögern
sich nährend von falscher hoffnung

die habe ich
ausgerupft

da schossen mir wünsche ins kraut
wuchernd und mächtig
und wuchsen gen himmel

da hat mir der frust
drin herumgejätet
da hat mir der herbst
das beet umgegraben

da sprießt mir nun
eine neue geduld
schiebt sich leise und kräftig
durch die alten brocken
fein gefiedert und weich im wind

die wurzelt
in der klarheit des herbstes
die nährt sich
vom kompost des erkannten
die steht mit den wünschen
blatt an blatt
die wächst
im verstehen

4. friend of mine *)

*) im deutschen gibt's ja
leider keine geschlechts-
neutralen hauptwörter

kleiner unterschied

nicht nur
daß er fort ist
macht mich so traurig
sondern auch:
daß ich allein bin

und
<u>da</u>gegen
kann ich was tun

überzeugungsstärke

du kannst sie
nicht überzeugen
daß sie dich mag
aber du kannst
dich überzeugen
ob sie dich mag
und das
solltest du schleunigst tun

lisa in meinem kopf

lisa die mich ergreift,
die mich umschlingt,
deren haut an meiner liegt
eine ganze nacht.
lisa die mich anschaut und lacht,
der ich ein märchen erzähle,
ihre augen über dem brillenrand.
lisa nackt vor dem fenster,
ihr runder bauch
und das weiche venushaar.
lisa.
lisa mit dem warmen lachen,
lisa weit fort,
lisa in meinem kopf.

besuch bei anne

liebesweich
fühl ich mich
mit einem tag voll sonne
auf der haut und soviel
stille in meinen ohren

und möcht mehr von dir
als dein lachen

gib mir von deinen tränen
möchte ich sagen
ich fang sie auf
eine tüte voll oder einen korb
und nehm sie mit
verstreu sie
wie gretel das brot
auf meinen spinnenwegen
zwischen alten und neuen freunden

aber wie sag ich das
mitten in dein lächeln

Annette, verh., 2 Kinder

warm bist du
und manchmal
ganz nah
und dann wieder
weit fort, ganz guter engel fern
in deinen geduldigen wolken ach
hol dich der teufel oder wer will
da runter, jedenfalls
nicht ich

fürsorglich meinst du's und hast
kühle hände -
aber deine dunkelblaue sehnsucht
die mag ich

wenn du von der weite sprichst
die du in dir findest
kommen deine augen näher
und manchmal begegne ich dir
eine ganze umarmung lang

meine sehnsucht nach deiner haut
streife ich ab an der tür
deine verhältnisse sind
geordnet, jeder
an seinem platz und
auf dem teppich kein krümel

gute augen hast du
und viele skrupel
und ich weiß nicht: wovor
schützt dich dein leiden ?

dein haus hast du nicht
selbst gewählt, sagst du
und ich entscheide mich
für eine kleine trauer

wohl tut mir
deine wärme
deine glut
erreiche ich nie

Sabina

säß der korken
nicht so fest
ich würd mich an dir
betrinken

wie du pfiffig lachst
nach dem zweiten glas
wie du dich bewegst
mit dieser sanften geschmeidigkeit
auf engem raum

um an deiner küste zu landen
braucht es karten die ich
nicht kenne
ich werfe steinchen
nach deinem ufer
und du sagst: mußt du mich immer
ärgern ?

im märzwind seh ich dich
auf deiner insel gehn
in deinem kleinen runden bauch
hütest du einen vorrat gefühl

schneeflittchen

wenn meine sieben freunde
wieder einmal dagewesen sind
schaue ich manchmal versonnen
ins wirrwarr meines zimmers:

eine hat von meinem teller gegessen
einer hat aus meinem becher getrunken
zwei haben in meinem bett geschlafen
eine hat mein lachen geteilt
einer hat meine tränen getrocknet
eine hat sich in meinem spiegel betrachtet
keiner ist geblieben

daß ich nicht
vom prinzen träumte
wär eine lüge

aber meine sieben freunde
haben mich immer wieder
wachgeküßt

wenn dein lächeln mir
zum ersten mal
ganz nahe kommt

öffnet sich ebenes land mir
hinter den augen,
wehen ferngelebte wahrheiten
lang zum horizont,
breitet altes wissen
weiche farben aus,
sinkt mir der atem
tief ins gras,
machen sich meine träume auf
zum weg unter den rippenbögen

und ich steh
und schau

komm laß uns gehn

mutig genug sein
an den tod meiner liebe zu denken
schon jetzt

waschen die tränen die
bruchkanten im herzen
fast rund

schlecht synchronisiert
der puls unserer herzen

und das echo
so oft aus der falschen ecke

miese akustik
auf dieser bühne leben

doch in all dem
rumpeln und rauschen
auch immer wieder

EIN KLANG

auf grund

mein mund versinkt
in deinem fleisch.
wo ich auch ankomme
bist du schon da.

mein blick
versinkt in deinem
und weiß.

mein schatten
löst sich schwer aus deinem.

wiedersehen

dein lächeln
hinterläßt schleifspuren
in meinem gesicht

und wieder einmal weiß ich:
ich mag dich

unbarmherzig gern

Jan

weichhäutiges wesen
aus fremdem land
öffnest meinen alltag
und kommst herein mit deiner wärme
öffnest meine lippen
und kommst mir nah mit deiner lust
lockst mich in meine tiefen
und reichst mir die hand wenn ich falle
kommst
und bleibst
ein kleines stück leben lang
und kamst so
viele male

dich
kenn ich länger
als dein atem reicht

und das land
das zwischen uns liegt
ist alt und wartet

an deiner brust begrabe ich
mein ungezeugtes kind
und deine hand streicht des morgens
die nebel fort

dann
gehst du wieder

doch wir
werden uns nicht mehr
entgehen

<u>friend of mine</u>

(für heike und auch ein paar andere)

dein weg der
meinem gleicht
deine spur die
mir sagt: geh weiter !

dein blick der
mich weckt
deine wärme in der
ich ruhe

dein mund der
mir spricht von
wunden und wundern
und von den mühen die
mir vertraut

deine kraft
und dein mut
und deine lust und dein
lachen

dein tanz und
dein zaudern und deine
müdigkeit

du und ich
arm um arm
wort um wort
jahr um jahr
und atem an atem
für eine kleine weile

du
bleibst
wenn du gehst

und sagst
zu mir: geh weiter !

vertrauensbasis

wissen
daß ich für mich sorgen kann
und daß raum für neues ist
wo altes stirbt

wissen
daß wir uns begegnen können
und nicht wissen müssen
wann und wie

wissen
daß ich dich gesehen habe
und von dir zu hör'n
daß du es weißt

so oft schon
und immer wieder
und heute
nur heute
und warum nicht
gleich
und ob
du oder wer
immer
heute
nur heute
liebe ich
nur dich

5. Schreiben

mein gedicht

tropft aus dem dampf des unbehagens
tastet die flächen der angst entlang

fällt sacht aus dem nebel neuer tage
leuchtet auf wie eine kleine freude

sickert aus meinem schatten
steht kopf in meinem kopf
fällt mir aus dem schoß

und ich nehme ein neues blatt
weiß wie ein frischer tampon

beim lesen

wenn wörter schillern
und silben vibrieren,
wenn eine zunge sich in falten legt
und sätze sich streicheln lassen,
wenn ein punkt wie eine tür ist
und ein zeilensprung wie ein
sprung ins wasser,
wenn ein gedicht
über mich fällt

das ist schön!

D I C H T E R I N ' S   T R O U B L E

I

mit worten
kann ich jonglieren
und treffe oft genug
ins schwarze

meine tränen kennt ihr nun
und meine zweifel
und meine lust

ich bin wie ihr
das weiß ich
aus euren briefen

doch wenn ihr alle
herüberschaut
werde ich rot

ihr seid zu viele

und bitte stellt
mich nicht auf den sockel
ich stolpere sonst

und sagt nicht
daß ihr mich kennt
das kann ich ja selbst
nicht behaupten

II

was ihr lest
das bin ich nicht
das bin ich g e w e s e n

was ihr dabei spürt
das bin nicht ich
das sind e u r e gefühle

was euch das sagt
das kommt nicht von mir
das ist e u r e erfahrung

was ihr seht
wenn ihr mich seht
das ist e u e r bild

was ich fürchte
wenn ich euch treffe
ist m e i n e befangenheit

der sockel
auf dem ich stehe
ist u n s e r problem

bekanntsein

balance-akt zwischen
eitelkeit
und verfolgungswahn

und an schwachen tagen
dieser druck
als müßt ich so gut sein
wie meine bücher

stufenleiter des erfolgs

als irene mich zum ersten mal begrüßte
hatte sie feuchte hände.
ich bin die frau
die dieses buch geschrieben hat
das alle lesen.

als ich erich fried zum ersten mal begrüßte
hatte ich feuchte hände und herzklopfen.
er ist der mann
der diese bücher geschrieben hat
die alle lesen.

wenn demnächst mein neues buch erscheint
werden karin und horst und johanna
die mich dann vielleicht zum ersten mal begrüßen
wahrscheinlich feuchte hände
herzklopfen
und weiche knie dabei haben.

wenn das dann so weiter geht
werde ich allmählich
kalte füße bekommen.

münd-ig

gute mutter sprache
schlürfst meine erfahrung
und fütterst sie mir wieder ein
zu bröckchen geronnen

brauch ich doch wieder und wieder
die form
um den fluß
zu verstehen

tust du was gegen die
umweltverschmutzung
handelst du
politisch

tust du was gegen die
innenweltverschmutzung
handelst du

unpolitisch
behauptet mein kritiker

6. weiter gehen

mich zurückziehen.
von der fülle lassen.
mich konzentrieren auf das
wesentliche.
die augen klar werden lassen.

den punkt finden,
von dem ich ausgehe,
an den ich immer wieder
zurückkehren werde.

mit wenigen gehen,
und mit diesen
weit.

wache worte
an die wände werfen
und vor den scherben
nicht erschrecken.

die stille aufnehmen.
mit den ängsten freundschaft halten.
der geduld tür und tor öffnen.
und den kampf
verstehen.

nicht länger
heimatlos sein.

mutter nacht

sobald du die sonne
hinterm berg hälst,
beginne ich tiefer zu atmen.

in der letzten spanne von
zerwehendem licht
finde ich meinen schwerpunkt wieder.

in deiner dunkelheit
verquellen die geräusche,
läßt der tag mich endlich allein
mit meiner kraft.

deine stille
schließt kreise um mich.
nichts mehr
außer mir und dir.

in meinem kopf
glitzern gedankenfische
im dunkelblauen netz,
schießen klarheiten
lautlos ins kraut.

ich lehne meinen rücken
an deine sanfte breite.
nirgends
bin ich sicherer
als in deinem dunklen bauch.

BERICHT ZUR LAGE

mein tod
steht 2 meter
hinter mir

bin dabei
mit ihm freundschaft
zu schließen

dann
kann die liebe
kommen

meinetwegen
von vorn

liebe ist
die tiefe des
augen
blicks

einfache rechnung

so oft
ich zu dir komme
so oft werde ich dich
auch wieder
verlassen

so oft
ich dich finde
so oft werde ich dich
auch wieder
verlieren

und kein mal weniger

zeit des steinbock

fahles winterlicht
das auf den bäumen lastet

der regen tropft
in die rinnen der zeit

ich bin gekommen
um anzukommen

dann
können wir gehen

von zeit zu zeit

wenn das leben in mir
sich wehrt gegen seine form

und der schmerz
nach morgen ruft

winde ich mich
in den alten häuten
bis aus den rissen
meine trauer blutet

ahne ich das nacktsein
hinter den toren der zeit

und ich beuge mich

geboren werden
in einen neuen tod
und nie ganz

von stufe zu stufe
und wohin ?

und immer wieder
die erde
beinah ganz dicht
unter meinen füßen

und immer wieder
die sehnsucht
nach einer hand, die hält

und immer wieder
und nie ganz
und beinah ganz dicht
und wohin ?

und wieder
eine stufe
oder zwei

KONZENTRATION

ich suche
den einen stein
irgendwo dort
in den magenwänden

um meinen hals
die kette der antworten
bis tief ins vergessene

in der ruhe
die zu mir kommt
warte ich
auf den tod der pläne

fragen

mir fällt etwas ein.
wer hat es fallen lassen ?

ich nehme an, daß...
wer hat es mir angeboten ?

wo fand ich die worte
die ich verliere ?

wer wacht über das
was ich träume ?

hexenkunst

den ort finden
wo die worte
wurzeln schlagen

in die ritzen der zeit
gedanken säen

im augenblick erkennen
was wirk-lich ist

dann wirken worte
wunder

parallelen

parallelen
schneiden sich nicht
aber irgendwo
draußen im weltraum
schneiden sie sich doch

du und ich
leben zwei leben
aber irgendwo
außerhalb der zeit
ein-igen wir uns doch

7. Vera

über dich
schreib ich kein gedicht.

dich
küß ich lieber.

deine haut
ist weich.
was wollen da worte ?

das brauch ich mir nicht
aufzuschreiben
das
vergeß ich nicht:

dich
gibt's !

ZUSAGE

wenn ich ab und zu weglaufe,
dann nicht vor dir,
sondern vor meinem
eigenen schatten.

dich
belüg ich nicht mehr
als mich selbst.

ich hab dich am brunnen gesehen
vor langer zeit

du gingst zwischen blüten
nach ihnen duftest du noch

ich hab dich wiedererkannt
am wind in den haaren

unsere schatten
trösten sich schon

bis unsere hände
uns begreifen

die zweifel haben mürrisch
das feld geräumt
unser lachen war ihnen zu laut

die angst hat's
vor uns mit der angst bekommen
und ist ganz klein geworden

die skepsis ist
in tiefschlaf gefallen
unsere freude hat sie gelangweilt

die sehnsucht und der mut
sind hand in hand
ganz leise hereingekommen

denn hinten
in der ecke vom bett
liegt klein zusammengerollt
eine riesengroße ruhe

echt abgefahren

der zug ist abgefahren
und ich sitz
drin

an den haltestellen
kaufe ich brot und trauben

meine innere uhr
geht kaum noch vor

stück für stück
folge ich
meinem schatten

arbeitsprogramm

uns treffen
    ohne uns zu verletzen
uns loslassen
    ohne uns zu verlassen
uns auseinandersetzen
    ohne vom stuhl zu fallen
uns beistehen
    ohne uns auf die füße zu treten
uns fetzen
    ohne uns zu zerfetzen
uns vertrauen
    ohne uns falsche hoffnungen zu machen
uns geben
    ohne uns etwas zu vergeben
uns herausfordern
    ohne etwas zu fordern
uns erkennen
    ohne zu glauben
    jetzt wüßten wir
    wer wir sind

gezeiten wende

still am morgen
schenkst du mir
die weiche last deines leibes

im schlick der lust
fast vergessen
ein pfand:
störe mich nie
ich will
verborgen sein

komm
leg deinen finger
in meine wunde
und ich
ent-schließe mich

ich bin der sturm
in deinem haar
du bist der riß
in meinem segel

tränentief
berührst du
mein heimatland

beharrlich schleicht der herbst
um mein haus
rüttelt an den türen:

KOMM HER ICH WILL DICH FRESSEN

im spiegel noch tröstlich
auf meiner haut
die farbe des sommers:

ICH BIN SCHÖN

in meinem kopf
bist du zuhaus
dort zündet die wehmut
das herdfeuer an
für einen noch so langen winter:

KOMM UND BLEIB

begriffsbestimmung

weh/mut
das heißt
durch leiden mutig werden
heißt mit weh und ach
doch weitergehen

heißt
daß der sommer in wehen liegt
einen herbst zu gebären
heißt
einen neuen tag
im nebel beginnen

weh/mut
das ist
ein warmer dunkler mantel
um meine schultern
ist die sanfte schönheit
des sterbens
ist der weiche fall
in den fluß der zeit

weh/mut
das heißt
daß meine haut weich bleibt
trotz aller narben

Du

ich sammelte steine
an deinem ufer
und führte klage
gegen ihre härte

ich legte meinen kopf
in dein gras
und schrie protest
gegen das ungeziefer

ich suchte meinen weg
durch deinen wald
und vergaß
mein licht

ich biß in den stein
ich schnitt das gras
ich verfluchte den wald

ich ging hinein
in meine höhle
fand härte
und ungeziefer
und dunkelheit
fand quelle und gold

ich ging
und blieb
und kam wieder

und sah deine steine
und sah dein getier
und sah deinen wald

und ahnte
quelle und gold

und sah
und blieb

1. LIEBE IM KONJUNKTIV

2. HEIKE

3. ZWISCHENBILANZ